金晃（김황）／文

生於日本京都的第三代韓僑，在學校擔任生物老師。

目前致力於藉由圖書教育孩子與動物們交流的方法與生命的重要性。

2006 年在日本兒童文學家協會主辦的第一屆「讓兒童感動的非小說大賞」中，以《大象小櫻》獲得最優秀作品。

作品《鳥窩》的日文譯作獲選為日本第 63 屆全國青少年讀書心得感想徵稿的指定圖書之一。

個人創作有《大象小櫻》、《鳥窩》、《人類的好友——狗》、《動物的大遷徙》、《生態通道》、《如果蜜蜂消失，就吃不到草莓？》等作品，以及日文書《朋友的社區飛來了鸛鳥》、《請不要填平奇蹟之海！》等。

金二浪（김이랑）／圖

生於首爾，畢業於弘益大學美術系，現為童書插畫家。

插畫作品有《勇敢雞與綠色星球外星人》、《你讀了多少三國遺史？》、《我的名字叫颱風》、《我的名字叫捕蠅草》、《就算這樣我還是喜歡姐姐》、《家人就是要緊緊擁抱》、《啊！有蚊子》等。

蔡永（채영）／監修

生於光州。於農村振興廳國立園藝特作科學院研究番茄、辣椒等蔬菜。

個人作品有《番茄生理障礙診斷卡》、《番茄栽種管理現場顧問案例集》、《栽種番茄》等書。

© 番茄是蔬菜還是水果？

文／金晃　圖／金二浪　監修／蔡永　譯者／賴毓棻　審訂／宋妤

責任編輯／陳奕安　美術編輯／陳子蓁

發行人／劉振強　出版者／三民書局股份有限公司

電話／02-25006600　郵撥帳號／0009998-5

地址／臺北市復興北路386號(復北門市)　臺北市重慶南路一段61號(重南門市)

三民網路書店 http://www.sanmin.com.tw

初版一刷 2019 年 11 月　初版二刷 2021 年 6 月

書籍編號：S859061　ISBN：978-957-14-6727-6

※本書如有缺頁、破損或裝訂錯誤，請寄回本公司更換

Tomato, Is it a Vegetable or a Fruit?

Text © Kim Hwang, 2017

Illustration © Kim Irang, 2017

番茄
是蔬菜
還是水果?

金晃／文　金二浪／圖　蔡永／監修

賴毓蓁／譯　宋妤／審訂

三民書局

外皮油亮光滑，果肉飽滿有彈性，
只要咬下一口，就會溢出豐富的汁液！
你應該吃過番茄吧？
但竟然曾有人為了番茄而開庭審判，
真是不可思議對吧？
在很久以前，如果美國要向其他國家進口蔬菜
就得繳納稅金。
那些進口番茄的人，當然會因為稅金問題
主張番茄不是蔬菜，而是水果。
因此，被搞得糊里糊塗的人們
決定為此開庭審理。

植物學家們主張番茄是水果。

「所謂的水果，就是裡面有籽的果實。

番茄明明就有籽，所以它是水果。」

一般的水果都有籽，

而且味道香甜，可以生吃。

另外，大部分的水果是由樹木這類
多年生木本植物所結出的果實。
只要悉心照料，每年都能開花結果，
可以活很久呢。
番茄在溫暖的地區也屬於多年生的
植物。

啊，如果可以活好幾年，
那我就是水果囉？

但也有很多人反對這樣的看法。
「番茄像南瓜或馬鈴薯一樣長在田裡，
通常會做成料理來吃，當然是蔬菜了！」

蔬菜是生長在田裡的一年生草本植物。
種了之後會開花結果，接著枯萎、死去。
蔬菜的莖大多較柔軟，高度也相對較矮。
在韓國，番茄就像這樣只能存活短短的一年。

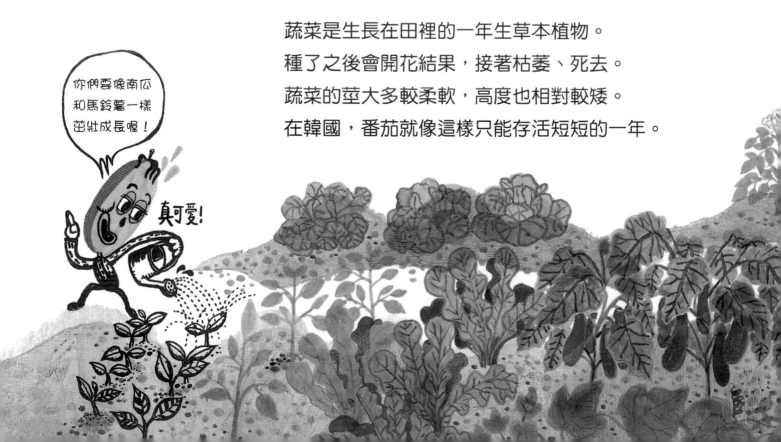

加入蔬菜的料理可是好吃得不得了！根本就是人間美味！

從田裡長出的蔬菜
通常不是甜的，甚至有微微的苦味，
一般會用來烹煮料理。
只要加入不同食材
就能做成美味的菜餚。

這麼說來，我是蔬菜囉？

讓我們先回到更久以前，番茄生長的故鄉看看吧！
這裡是南美洲安地斯山脈上的高原，
是一個白天豔陽高照，晚上卻會變得非常寒冷，
又極少下雨的乾燥地區。
據說最初生長在荒地裡的番茄是多年生植物，
果實非常小，表皮也很厚。

之後又過了很長一段時間，
鳥兒和動物們吃了美味的番茄，
去到遙遠的地方排便。
那些在大便裡的種子，
便開始發芽、長出果實。

這些野生番茄也因此一點、一點的
慢慢移動，最後來到墨西哥。
聽說墨西哥人稱野生番茄為「Tomatl」，
意思就是胖嘟嘟的水果。

來到墨西哥的西班牙人
第一次見到番茄,
這是他們從未見過的神奇果實。
於是西班牙人將番茄帶回歐洲,
番茄就這麼搭著船越過了大海。

來到歐洲的番茄有了各種不同的稱呼。
義大利稱它為黃金蘋果——「Pomodoro」，
法國和英國則稱呼它為愛情蘋果——
「Pomme D'amour」和「Love Apple」。
在過去的歐洲，只要是珍貴的果實都會被稱為蘋果。

不過歐洲人一開始其實是不吃番茄的喔。
你問為什麼？
因為當他們看到番茄花和金黃色的果實，
馬上就聯想到有毒植物——
曼德拉草（又名風茄、毒參茄）。
「你看它的花和果實，
這一定是曼德拉草的兄弟沒錯！」

從前的歐洲人非常害怕曼德拉草。
據說只要將曼德拉草拔起來，它就會發出尖銳的叫聲，
凡是聽到那個叫聲的人都會發瘋。
因此當時的人們過於害怕，不敢吃番茄，
只是將它當作花草般栽種。

「我再也忍不住了！不管會不會發瘋我都要吃！」
某天，有一位餓到受不了的人大口咬下了番茄果實，
結果什麼事情都沒有發生。
「怎……怎麼會？這個味道！也太美味了吧！」
就在傳到歐洲的兩百年後，
番茄可以吃的消息終於流傳開來。

番茄的人氣與日俱增，
家家戶戶都開始吃起番茄，
他們還發現將番茄煮熟後會更好吃。
明白番茄美妙滋味的人們
越來越常吃番茄了。

原來歐洲人
大部分是把番茄
加入料理來吃啊。
那我是蔬菜囉？

番茄的甜度較低，
說不定反而更接近蔬菜呢。

「要怎麼樣才能盡情享用番茄呢？」
有一群人在經歷了反覆的思考後，決定借助熊蜂的力量。
聽說就算番茄花沒有花蜜，
熊蜂還是很愛吃它的花粉。
只要有熊蜂幫忙搬運花粉，就能長出一顆顆的果實。
人們也才得以收穫許多番茄。

現在世界各地
都種植了各式各樣的番茄。
番茄的品種可是高達八千多種呢！

品嚐番茄的方法也是五花八門，
除了直接生吃以外，打成果汁也很美味。
就連我們常吃的番茄醬也是用番茄製成的喔。
番茄可以搭配任何食材，還能增添料理風味，
有人會將番茄切丁，加入鹽、黑胡椒和油
做成醬料，有人會煮成湯來喝，
還有人會加在炒飯、義大利麵或披薩裡面呢。
光用想的就令人口水直流！

嗯嗯——
可以打成果汁來喝，
那應該算水果吧？

對了，在美國開的番茄法庭，
最後結果如何？

「番茄是蔬菜！
比起在飯後作為水果享用，
番茄更常被做成沙拉或料理來吃，
因此我在此宣判番茄是蔬菜。」
咚！咚！咚！

仔細一想，
不管番茄是水果還是蔬菜都沒關係，
番茄就是番茄。
就像「我就是我」，
而「你就是你」的道理一樣。

全世界的人都愛吃的番茄！
它單純就只是營養滿分又
好吃的番茄！

這些 全都是 番茄

除了我們常見的小番茄、大番茄之外，
世界各地還有很多不同的神奇番茄。
讓我們一起來看看吧！

牛番茄
適合生吃，也適合
打成果汁喝的番茄。

外觀很多采多姿吧？
這世上不只有圓滾滾的番茄，
還有像彈珠一樣可以滾動的小番茄、
方方圓圓的橢圓形番茄、形狀像辣椒的番茄、
像葫蘆一樣底部凸出的番茄，
有的甚至還有皺巴巴的皺紋……

羅馬番茄
外型與紅棗相似，
適合用來烹調
或做成番茄醬。

紫番茄
含有大量可以
護眼的花青素，
果實為深紫色。

聖女番茄
和小顆李子差不多大，
外型呈長橢圓形，
通常以生食為主，
風味甜美且富含維他命C。

料理用番茄
外型細長，
尾端尖凸。
一般用於製作
披薩和義大利麵的醬汁。

黃洋梨番茄
外觀形似西洋梨的番茄。
果色鮮黃，
香氣豐富。

橙色番茄
甜味與香氣豐富，
酸味較低。
一般用於製作
黃色番茄醬或沙拉。

**各式各樣的番茄，
真叫人越看越有魅力！**
番茄的品種不只有紅色，
還有綠色、黃色、橙色、紫色、黑色、
奶油色的番茄……，
真是太神奇了！

綠斑馬番茄
帶有明顯的酸味，
還有些許澀味。
一般用於製作沙拉。

圓形小番茄
大小約為直徑 2～3 公
分左右。
非常適合一口一個的
番茄。

大小也是各形各色
最小有跟小指指甲一樣小的番茄，
最大有跟爸爸拳頭一樣大的番茄……
種類還真是豐富！

巧克力番茄
又被稱為黑番茄。
熟成之後會呈現略黑的
巧克力色。

長形小番茄
最受歡迎的小番茄。
風味和口感絕佳。

水滴番茄
直徑大約 1 公分長，
形似櫻桃的可愛番茄。
是全世界最小的番茄。

牛排番茄
外觀有著看似百褶裙
皺褶般的起伏，
單顆重量超過 1 公斤的大番茄。
經常搭配牛排料理一起食用。

本書中所提及當年美國法庭的審判結果，是以食用習慣、外觀等角度來判別番茄的分類。
如站在現今植物學的角度，番茄屬於草本植物，普遍為一年生，若在適當的環境下，也可為多年生植物喔！